LA

FIANCÉE

D'ASNIÈRES

Nouvelle, publiée en feuilleton dans le
Courrier de Reims.

REIMS,

Typographie Maréchal-Gruat, rue des Elus, 18.

--

1855.

LA

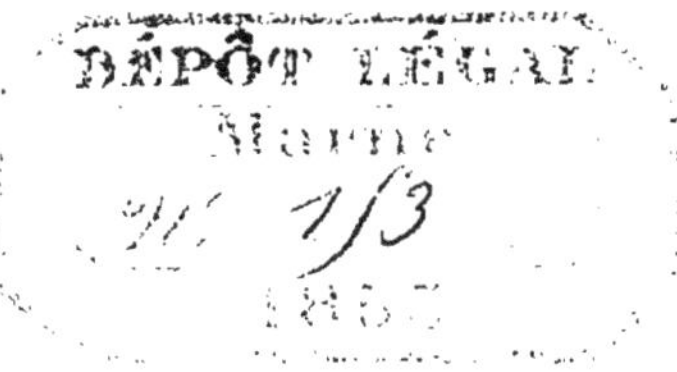PIANCÉE

D'ASNIÈRES.

Nouvelle publiée en feuilleton dans le
Courrier de Reims.

REIMS,

Typographie MARÉCHAL-GRUAT, rue des Elus, 18.

1855.

LA FIANCÉE D'ASNIÈRES.

I.

Une Soirée à Cormontreuil.

Vers le milieu du mois d'août , Mme L...
donnait à dîner dans sa maison de campagne de Cormontreuil : c'était un retour de noces. Après le dîner,
on voulut aller dans le jardin et se promener sous
les belles allées d'ormes , qui se prolongent jusqu'à la
rivière ; mais la soirée était fraîche, et on ne tarda
pas à rentrer au salon. On fit même du feu ,
pour la première fois de l'année, tant l'humidité qui
règne sur les bords de la Vesle nous avait saisis, au
sortir de table ! Le feu est comme ces vieux amis
qu'on revoit avec plaisir après une longue absence,
même quand ils nous rapportent de mauvaises nou-
velles ; et nous en fêtâmes le retour, quoiqu'il an-
nonçât la fin des belles journées et l'approche de cette
affreuse saison qui dure si long-temps dans nos cli-
mats.

Le jour baissa rapidement, et bientôt nous ne fûmes plus éclairés que par la flamme du foyer, dont es lueurs se jouaient sur la tenture du salon en y projetant des ombres fantastiques.

— Voici le moment d'acquitter votre dette, monsieur l'abbé, dit madame Gony, la jeune mariée. Depuis longtemps vous nous devez une histoire de revenants ; vous ne trouverez jamais une heure plus favorable pour produire de l'effet : l'obscurité nous dispose déjà à la peur. Tenez, dit-elle en se rapprochant coquettement de son mari, je tremble d'avance.

— Ma chère enfant, dit le prêtre, ce serait bien volontiers, si je n'avais, depuis mon sermon de ce matin, un léger mal de gorge que notre imprudente promenade sur les bords de la Vesle vient d'aggraver. Je vous demande donc un sursis, comme on dit en style judiciaire, et je passe la parole à monsieur Mortain.

Monsieur Mortain est un vieillard de 77 ans, alerte et bien conservé. Il aime à raconter, et il raconte bien, quoique avec un peu de prolixité, ainsi que tous les vieillards. Comme il connaît, mieux que personne, les antiquités du pays, sa mémoire et son talent de narrateur sont mis souvent à contribution. Dans ces sortes de circonstances, il s'exécute toujours avec grâce et ne se fait point prier.

II.

Souvenirs d'un Vieillard.

— J'accepte, dit-il donc. Aussi bien, viens-je de retrouver dans mes souvenirs une histoire de fiancée et de jeunes mariées; et, quoique aucune particularité de mon récit ne puisse s'appliquer à notre jolie mariée ni à son jeune mari, il s'y trouve du moins quelques rapports de position qui peuvent le faire regarder comme une histoire de circonstance.

La scène se passe à Rilly, dans la maison du curé, l'abbé Sugny, qui célébrait le mariage de sa sœur. C'était le 6 septembre 1787. J'ai deux raisons pour me rappeler exactement cette date : la première, c'est que ce fut cinq ans après, jour pour jour, comme la remarque en fut faite, que le pauvre curé de Rilly fut si odieusement massacré par les forcenés de 92, avec son vénérable ami l'abbé Paquot, curé de St-Jean, à Reims, qui assistait aussi à cette funeste noce. La seconde, c'est qu'un mois après, jour pour jour aussi, j'entrai au collège des Bons-Enfants, en sixième, sous l'abbé Boniface, cousin du marié, et qui, ce soir-là, détermina mon père à me confier à ses soins. L'abbé recruta également le même jour mes deux jeunes amis, Bouché de Sorbon et Clicquot-Watelet, qui m'enlevèrent, l'année suivante, l'un le prix de mémoire, l'autre le second prix de version (1); ils se trouvaient à cette noce avec leur ami Maille, qui allait entrer en rhétorique. Comme c'était le temps des vacances, l'abbé Boniface avait amené avec lui plusieurs de ses collègues, amis des deux familles, et qui, à cette époque de l'année, n'avaient rien de mieux à faire, que de chercher, dans d'innocentes distractions, l'oubli de leur fastidieuse besogne. Nous avions là M. Legros, principal du collége, l'abbé Maquart, recteur et professeur de rhétorique, qui a laissé à Reims de si bons souvenirs; M. Galloteau, professeur de troisième; l'abbé Paquot, professeur de théologie et curé de St-Jean, dont la fin, je le répète, devait être si tragique; Malfilâtre, professeur furnérien en droit; Raussin, père et fils, tous deux professeurs de médecine. Il y avait encore M. Ruinart, un des deux échevins de Reims, l'abbé Pruche, curé de Fismes..... Mais bah! tous ces noms ne disent plus rien aux oreilles de la génération nouvelle; ou bien, vous les appliquez à d'autres personnages que ceux dont je parle. Pardonnez donc aux rêvasseries

---

(1) Voir le livret de la distribution des prix de l'Université en 1788.

d'un vieillard, qui s'est cru un moment revenu parmi les guides et les amis de son enfance.

III.

La Mariée de Rilly.

C'était donc une soirée de noces : la mariée était charmante ; et, quoique je ne fusse alors qu'un insignifiant gamin de onze ans, je fus frappé de son éblouissante beauté, dont le caractère était plus méridional que champenois. Elle était plus gaie que ne le sont, à pareille heure, les jeunes filles, dont l'enjouement diminue à mesure que la journée avance; et son entrain communicatif, qui ne se démentit pas un instant, contrastait avec l'attitude du marié. Ce dernier, beau jeune de 25 ou 26 ans, avait fait ses études de droit à Paris et devait succéder à la charge de M. Martin Bara, notaire royal depuis 1752, et qui, je m'en souviens, habitait la rue de Monsieur.

Ce jeune homme, on me l'a bien souvent répété depuis, car j'étais trop enfant alors pour le remarquer, ce jeune homme avait inquiété, pendant toute la journée, l'abbé Boniface, son beau-frère et mon futur professeur, par l'étrangeté de ses manières. Tantôt, il était sombre comme une de ces grises journées d'hiver

qui glacent le sang et le cœur, surtout à mon âge;
tantôt il se montrait d'une gaîté folle et exagérée,
comme un homme qui fait un effort sur lui-même et
qui cherche à s'étourdir. On observa qu'à la messe
du mariage, pendant la touchante allocution d'usage
que leur adressa le bon abbé Paquot, Alexandre,
c'était le nom du jeune homme, éprouva un moment
de malaise ; son visage se contracta convulsivement,
quelques larmes jaillirent de ses yeux ; et on se
rappela plus tard, qu'au moment de dîner, il avait
reçu une lettre qui lui avait causé une visible émotion. Il s'était même retiré ensuite dans sa chambre,
où l'on fut obligé d'aller plusieurs fois l'avertir
qu'il était attendu par tous les convives, impatients
de se mettre à table. C'est le lendemain, et surtout le
surlendemain de la fête, que tous ces détails furent
recueillis et commentés.

IV.

Le Coucher de la Mariée.

Le bal tirait à sa fin, et déjà approchait l'heure
critique où l'on allait conduire la mariée dans la
chambre nuptiale. C'était, dans ce temps-là, et c'est
encore aujourd'hui dans quelques localités, une

grosse affaire que le coucher de la mariée. Les jeunes filles s'emparaient d'elle ; les garçons s'emparaient du mari, et chaque parti, de son côté, rendait les jeunes époux victimes de mille tours plaisants, d'un goût plus ou moins raffiné, selon le caractère ou le sexe des mystificateurs. Clotilde, tel était le nom de la malheureuse enfant dont je vous raconte l'histoire, avait assisté les années précédentes au mariage de plusieurs de ses amies, et elle s'était fait remarquer par la vivacité de ses plaisanteries, l'originalité des innocentes tortures qu'elle avait fait subir aux héroïnes de la fête. Aussi, l'avait-on menacée de terribles revanches pour la nuit de ses noces.

Clotilde ne s'était point inquiétée de ces menaces ; au contraire, elle provoquait ses jeunes compagnes par sa bonne humeur et ses heureuses saillies : elle avait son projet. Quand elle vit que les danses commençaient à languir, prenant un prétexte qui ne pouvait donner aucune prise au soupçon, elle sortit de la grande salle où la fête se célébrait, monta rapidement à la chambre qui lui était destinée et s'y enferma à double tour ; puis, se jetant dans un fauteuil, elle se mit à rire aux éclats.

Une servante, qu'elle avait mise dans la confidence de son projet, avait tout disposé d'avance; les bougies étaient allumées, et tous les préparatifs de sa toilette nocturne l'attendaient ; de sorte qu'elle n'avait be-

soin de personne pour y procéder. Elle avait même
défendu à la servante de rester dans la chambre : elle
voulait être absolument seule en ce moment su-
prème, où la jeune femme fait ses adieux à la jeune
fille.

Maîtresse de la position, Clotilde résolut de prendre son temps et de profiter de tous ses avantages ;
car c'est elle qui allait mystifier ses amies, et elle
voulait prolonger son triomphe. Elle se mit à la fenètre, attendant qu'on s'inquiétât de sa disparition.

La journée avait été chaude ; l'air de la nuit était
doux et parfumé, tout était calme ; Clotilde jouissait
délicieusement de ce contraste subit avec les agitations de la soirée, et tombait peu à peu dans une
douce rêverie, en contemplant, vaguement éclairées
par la lune, les hauteurs qui se dessinaient à l'horizon, derrière la ville de Reims, lorsque des éclats
de voix dans le jardin, des bruits de pas dans l'escalier interrompirent brusquement le cours de ses pen-
sées, en lui annonçant que l'on était à sa recherche.
Pendant que les uns frappaient inutilement à la
porte, d'autres l'aperçurent à la fenètre.

— Trahison ! s'écria-t-on de toutes parts ; trahison ! nous sommes joués.

Toutes les jeunes filles se réunirent bientôt dans
le jardin, sous les fenètres de Clotilde, pour parle-
menter avec elle.

— Mes chères amies, leur dit-elle, excusez-moi, si je me suis frauduleusement soustraite à vos lutineries; je n'ai cependant pas l'intention de me séparer de vous, ce soir, si brusquement. Quand je me serai deshabillée et que je serai prête à me mettre au lit, je vous jetterai la clef par la fenêtre, et vous viendrez recevoir mes remercîments, et mes adieux.

Puis, elle se retira.

Il fallait bien en passer par là et prendre son parti. Les uns rentrèrent dans la salle du bal, les autres restèrent dans le jardin à deviser, tout en respirant les tièdes émanations de la terre, et la brise embaumée de la montagne.

Quant au mari, il se promenait à l'écart avec l'abbé Boniface ; aucun des garçons de la noce n'avait osé songer à lui jouer les mauvais tours d'usage, tant son titre de Parisien et son air sombre les avait intimidés !

Un bon quart d'heure se passa ainsi.

— Auras-tu bientôt fini ? s'écria la nièce de l'abbé Paquot, grossissant sa voix à la manière de Barbe-Bleue.

— Encore un instant, dit Clotilde d'un ton suppliant, et prenant un air de victime, comme pour continuer la plaisanterie.

— A propos, ma chère enfant, lui cria l'abbé Sugny, en suivant le même courant d'idées, n'oublie pas de faire ta prière du soir.

— Je la fais, mon frère, répondit Clotilde.

— Pauvre enfant ! dit l'abbé Paquot, je crains bien que cette prière-là ne vaille pas grand'chose.

Quelques minutes après, Clotilde reparut à la fenêtre.

— Sophie, dit-elle à la nièce de l'abbé Paquot, fais attention à la clef ; je vais la prendre sur mon lit, pour te la jeter.

Elle se retira, mais ne revint pas. Une ou deux minutes se passèrent.

Tout-à-coup, un cri partit de la chambre, un cri effroyable, un de ces cris d'horreur et de détresse qui prennent aux entrailles, qu'on ne peut plus oublier quand on les a entendus, et qui déchirent encore toutes les fois qu'on se les rappelle.

V.

L'apparition.

On se précipite dans les escaliers ; on frappe, on appelle, mais personne ne répond, et la porte résiste à tous les efforts. Fou de douleur, le marié descend rapidement, s'empare d'une échelle, l'applique à la muraille et pénètre dans la chambre par la fenêtre ; on le suit. La malheureuse Clotilde était étendue à

terre, pâle comme une morte, et privée de connais-
sance; on la couche sur le lit, qui était encore intact,
et on cherche la clef de la chambre pour sortir et aller prendre les cordiaux usités en pareil cas : la clef
avait disparu. On eut beau fouiller partout : la clef
ne se retrouva pas ; personne ne la revit jamais. Enfin, on put faire sauter la serrure, et on alla chercher des secours.

Malgré les soins que lui prodigua M. Raussin,
la pauvre Clotilde resta près de deux heures dans un
état complet d'insensibilité. Quand elle reprit ses
sens, elle promena des yeux égarés autour d'elle; puis,
retrouvant ses souvenirs, elle se jeta en sanglotant
dans le sein de sa mère, qui était au chevet.

Tout d'un coup, regardant le lit où elle était couchée, elle fit un geste d'effroi :

Pas ici, s'écria-t-elle, pas ici! dans ma chambre!
je veux retourner dans ma chambre et sur mon lit
de jeune fille.

Puis elle se cacha la figure dans ses mains.

Il fallut obéir à ce caprice : ses amies la portèrent
plutôt qu'elles ne la conduisirent dans sa chambrette
et sur son lit. Elle était si accablée, que personne
n'osait l'interroger. Au bout d'un quart d'heure,
elle se leva résolûment sur son séant :

— Ma mère, dit-elle, d'un ton qu'on ne lui avait
jamais connu, faites sortir tout le monde, excepté

mon père, monsieur le curé, qui nous a mariés, l'abbé Paquot, qui m'a fait faire ma première communion, et.... M. Alexandre, ajouta-t-elle plus timidement.

Quand tout le monde fut sorti : `

— Courage, ma chère enfant, lui dit l'abbé Paquot ; remettez-vous , et racontez-nous l'incident étrange qui nous a tous bouleversés. Voyons, qu'est-il donc arrivé?

— Mon père, dit Clotilde, quelque effort qu'il m'en coûte pour arrêter ma pensée sur l'horrible vision qui m'a glacée de terreur, il faut que je vous dise tout.

VI.

Interruption.

Ici monsieur Mortain s'arrêta, interrompu par le mouvement saccadé des chaises, dont le cercle se resserra autour de la cheminée.

— Ah ! mesdames, s'écria-t-il, voyons, soyez raisonnables, et ne nous serrez pas trop. Il y a cinquante ans, je ne m'en serais pas plaint; mais, à mon âge, on aime mieux jouir de ses aises et avoir ses coudées franches.

— Vous avez tort de vous plaindre, dit M. Gony ;

les applaudissements sont bien souvent menteurs ;
mais ce bruit de chaises et de fauteuils est très-si-
gnificatif : la peur est le plus sincère des sentiments,
et votre succès oratoire est complet. Allons, Ernestine, dit-il à sa jeune femme, qui le serrait de plus en
plus près, calme-toi ; ne vois-tu pas que cette vision
qui a effrayé Clotilde, est l'œuvre d'une de ses jeunes amies, qui se sera cachée dans sa chambre. Ainsi,
il n'y a pas de quoi trembler si fort.

— Vous vous hâtez trop de conclure, dit M. Mortain ; attendez la fin et vous verrez. Allons, mesdames, si vous voulez me promettre d'être sages, je
continue :

VII.

Reprise du récit : suite de l'apparition.

— Quand je fus entrée dans la chambre, dit Clotilde, je retirai la clef et la déposai sur le lit. Elle y
resta tout le temps ; et, lorsque j'eus achevé mes
préparatifs, quand je fus retournée à la fenêtre pour
avertir Sophie que j'allais lui jeter la clef, je me di-
rigeai vers le lit, où je l'avais mise, pour la reprendre ; mais quand je fus arrivée à deux pas du lit, je
vis.....

Ici Clotilde se cacha la figure entre les mains :

tous ses membres frémissaient de terreur. Au bout de quelques minutes, dominant ses souvenirs et ses impressions, elle reprit :

— Une jeune fille était assise sur le lit, ayant exactement le même costume que moi.

— Parbleu ! elle se voyait dans la glace de l'alcôve, dit M. Gony.

— Attendez-donc, reprit M. Mortain, attendez; et il continua :

Elle avait, comme moi, un déshabillé de nuit. Son visage m'a paru d'une admirable régularité et d'une beauté surprenante, mais si pâle... si pâle, qu'on eût dit une morte. De la main gauche, elle tenait la clef, qu'elle serrait contre sa poitrine ; de l'autre, elle me faisait, en souriant tristement, une sorte de signe menaçant, comme si elle me défiait de venir prendre la clef de la chambre nuptiale, me faisant entendre qu'elle ne me la céderait pas. Je fus tellement saisie, que je restai immobile, les yeux fixes et les bras tendus en avant, comme pour repousser l'apparition ; je me trouvais comme sous l'influence de ces rêves pénibles, où, malgré la frayeur qu'on éprouve et les efforts surhumains qu'elle inspire, on ne peut faire un seul mouvement, ni articuler un seul mot. Après une lutte de quelques instants, je retrouvai enfin l'usage de mes facultés, et je poussai un cri d'angoisse qui a dû retentir dans toute la maison. Je n'ai plus conscience de ce qui s'est passé depuis, jusqu'au moment où je me suis réveillée au milieu de vous sur ce lit fatal que je ne veux plus revoir.

VIII.

Explications,

Le père de Clotilde essaya de calmer les terreurs de sa fille :

— Mon enfant, lui dit-il, tu as été le jouet d'une illusion. Dans un pareil moment, il est vraisemblable que l'imagination d'une jeune fille se trouble. Ces sortes d'hallucinations ne sont pas sans exemple, et je te vais raconter.....

— Non, père, dit Clotilde, de ce ton ferme et convaincu qui ne laisse aucun espoir de conversion ; non, ce n'est point une illusion ; mon esprit n'était point troublé ; et j'ai vu, j'ai bien vu cette scène étrange dont je frémis encore. Que m'annonce-t-elle, grand Dieu ! et quel est cet affreux présage ?

— Alors, dit le père, si tu es bien sûre de ne pas avoir été la dupe de ton imagination, il faut que ce soit une de tes compagnes qui aura deviné ton projet et se sera cachée d'avance dans ta chambre, pour

2

— Non, père, dit encore Clotilde, du même ton calme et résigné ; si c'eût été une de mes compagnes, je l'aurais bien reconnue ; car, pendant plusieurs minutes qui m'ont paru autant de siècles, je n'ai pu détacher mes yeux de cette pâle figure, que je n'ai jamais vue nulle part. Et puis, aucune de mes compagnes n'est aussi belle ! Oh ! non, ajouta-t-elle avec un soupir et un reste de terreur, oh ! non, je ne me suis pas trompée.

— Y a-t-il une glace dans l'alcôve ? dit tout bas l'abbé Paquot à la mère de Clotilde.

— Vous voyez, mon cher Gony, dit M. Mortain, en interrompant son récit, que toutes vos suppositions ont été prévenues.

— Non, monsieur l'abbé, dit Clotilde, qui avait entendu la question ; il n'y a point de glace dans l'alcôve, ce n'est point mon visage que j'ai vu. D'ailleurs, cette clef !... cette clef qu'elle tenait à la main !... Et puis, ajouta-t-elle en baissant tristement la tête, elle est bien plus belle que moi, avec ses magnifiques cheveux blonds qui tombaient en boucles touffues sur son pâle visage.

— Et ses cils ? s'écria Alexandre, le jeune marié.

— Bruns, dit Clotilde, et si longs qu'il semblaient jeter une ombre sur la paupière inférieure.

— C'est elle !!!... dit Alexandre d'une voix sourde, et comme si ces mots lui échappaient involontairement.

Pendant le récit de Clotilde, Alexandre avait été en proie à une agitation fiévreuse. Il n'avait pu rester assis ; il allait et venait dans la chambre, torturant ses cheveux de ses doigts crispés, se tordant les mains, quelquefois s'arrêtant devant le lit de Clotilde et la contemplant avec anxiété.

On peut juger de la surprise que cette étrange exclamation jeta dans l'assemblée.

— Elle ! dit précipitamment Clotilde, les yeux fixés sur son mari ; qui, elle ? Expliquez-vous, monsieur Alexandre ; au nom du ciel, quel est ce mystère, dont vous paraissez avoir le secret ?

Alexandre resta muet, absorbé dans une sombre méditation.

— Que voulez vous dire, monsieur, dit enfin l'abbé Sugny à son beau-frère ? Votre conduite, pendant toute cette journée, a été peu naturelle, et, après les paroles qui viennent de vous échapper, vous nous devez une explication.

Alexandre releva la tête.

— Mon frère, dit-il avec plus de calme, en serrant la main de l'abbé Sugny, et vous, monsieur le curé, ajouta-t-il en regardant l'abbé Paquot, si vous voulez me suivre dans une autre chambre, je vais tout vous dire.

Et il sortit brusquement.

Les deux prêtres le suivirent, et l'abbé Sugny les

introduisit dans la chambre qui avait été le théâtre de la mystérieuse vision.

IX.

Récit du Marié : la Fille du Pêcheur.

Ce fut d'abord avec répugnance, puis avec une sorte d'égarement qu'Alexandre entra. — Mes pères, dit-il, c'est une confession que vous allez entendre, car j'ai été deux fois coupable. Dans les premiers jours de l'été de l'an dernier, j'avais fait, avec quelques camarades d'études, une excursion hors de Paris. Le hasard nous conduisit près d'Asnières ; un batelier nous fit traverser un bras de la Seine, et nous transporta dans la petite île qui se trouve au bas du village. Pauvre pêcheur, il en était, avec sa fille, l'unique habitant. Nous entrâmes dans sa cabane, où Annette, c'était le nom de la fille du pêcheur, nous servit quelques rafraîchissements.

Elle était d'une remarquable beauté et d'une éblouissante fraîcheur. Je respecte trop votre caractère et votre temps, mes pères, pour vous faire ici la description détaillée de sa figure et pour vous peindre toutes les grâces de sa personne. Je me bornerai à vous dire que deux traits principaux caractérisaient son angélique visage et lui donnaient un cachet piquant d'originalité. C'était d'abord sa luxuriante chevelure blonde, d'une nuance tendre et fine, si abondante qu'elle débordait de toutes parts sous sa coiffure, et encadrait son visage d'une double grappe de boucles légères et touffues, qui, au moindre mouvement, flottaient, comme en frémissant, autour de ses joues, de ses lèvres et sur son col découvert. Une autre particularité donnait quelque chose d'étrange à sa figure : ses cils, fins, soyeux et presque noirs, formaient un contraste singulier avec la teinte de sa chevelure; et ils étaient si longs que, comme l'a observé notre pauvre Clotilde, ils jetaient un peu d'ombre sur la paupière inférieure.

Le curé de Rilly l'interrompit :

— Croyez-vous donc, dit-il, que Clotilde l'ait vue?

— Hélas! mon frère, répondit Alexandre, j'ai tout lieu de croire que c'est elle qui est apparue, cette nuit, à Clotilde. Vous en jugerez vous-même, quand vous aurez entendu ce qui me reste à vous dire.

Et il continua.

Ce genre de beauté extraordinaire, jointe à un air de candeur et de pureté naïve, fit sur moi une impression profonde. J'éprouvai une sorte de saisissement, et je gardai le silence, pendant que mes amis, avec la légèreté de leur âge, badinaient avec

elle. Leurs plaisanteries, leurs familiarités, me cho-
quaient. Vous connaissez, mes pères, le ton libre et
parfois peu convenable des jeunes gens, à l'égard
des pauvres filles que la naissance ou la fortune a
mises au-dessous d'eux : leur attitude, leur air,
leurs propos me révoltèrent ; et, pour mettre, au
plus vite et sans me rendre ridicule, un terme au
malaise que cette scène me faisait éprouver, je fei-
gnis une indisposition subite, que mon air sombre et
chagrin rendaient vraisemblable. J'exprimai le désir
de rentrer sur-le-champ à Paris, et nous partîmes
aussitôt.

Le lendemain, je revins à Asnières. De la rive, je
fis signe à Annette, qui vint me chercher avec un
batelet ; son père était allé pêcher du côté de Saint-
Ouen. Je lui dis que je croyais avoir perdu dans sa
cabane ou dans l'île un bijou de peu prix, mais au-
quel je tenais beaucoup, et nous le cherchâmes longtemps en vain.

Cette seconde visite bouleversa mon esprit. Annette fut frappée de mon trouble, touchée de mon
émotion, surprise et charmée à la fois de ma réser-
ve, de mon admiration timide, et, comme elle me
l'a avoué plus tard, elle partagea, dès ce moment, la
passion qu'elle m'avait inspirée.

Que vous dirai-je, mes pères ? je ne puis vous raconter en détail l'histoire de nos amours. La fin de

l'année approcha : sous prétexte de me soustraire aux distractions de la ville et de me préparer aux examens, je m'établis à Asnières. Chaque jour, en l'absence du pêcheur, Annette venait avec son batelet me chercher sur la rive ; et... pardonnez à cet aveu, mes pères, elle devint ma femme devant Dieu.

— Malheureux enfant ! dit l'abbé Sugny, qu'avez-vous fait ?

— Pardonnez-moi, mon père : le châtiment est terrible.

X.

La Fiancée.

Un soir que je n'avais pu, comme à l'ordinaire, visiter Annette, parce que son père avait passé la journée à raccommoder ses filets, elle vint me chercher après le coucher du pêcheur. Nous traversâmes le fleuve et abordâmes dans l'île.

C'était une de ces nuits sereines d'été, où le silence de la nature endormie et le spectacle sublime du firmament étoilé, en nous donnant le sentiment de l'infini, élève l'âme et fortifie le cœur. Nous nous assîmes sur un tertre d'où l'éclat mystérieux de la lune nous découvrait les lointaines perspectives des côteaux de Saint-Germain et de la plaine qui se déroulait vers Saint-Denis. Nous restâmes quelque temps en silence ; puis Annette me dit :

—O mon ami, je ne sais ce que j'éprouve : à cette heure solennelle, en présence de ces magnifiques tableaux, il me semble que mon âme s'ouvre à des émotions inconnues. Mon cœur a des élans qui me transportent hors de moi-même ; mes idées se transforment et je sens que mon langage s'agrandit pour les exprimer. Oh! Alexandre, mon bien-aimé Alexandre! c'est en ce moment surtout que ton affection m'est précieuse! c'est sur les ailes de ton amour, que mon âme s'élance dans ces espaces infinis où la pensée se perd, c'est ton souffle qui m'y soutient ; c'est toi qui fait ma force et ma vie, comme c'est la chaleur qui fait la flamme du foyer. Ah! si jamais ton amour se retirait de moi, je mourrais, Alexandre ; je mourrais, comme la flamme s'éteint, quand le foyer s'est refroidi.

Je lui pris les deux mains dans les miennes :

— Annette, m'écriai-je, mon amour est immense comme ces espaces qui se développent autour de nous ; il est plus vif que l'éclat de ces astres qui roulent silencieusement sur nos têtes, et il vivra plus longtemps qu'eux ; car ils s'éteindront un jour, mais mon amour est éternel.

— Jure donc, s'écria Annette avec exaltation, jure, à la face de ces mondes qui attestent la puis-

sance divine, en présence de Dieu, créateur de ces
merveilles, de Dieu qui nous voit et nous entend,
jure, ô mon Alexandre, qu'aucune autre femme
n'aura ton cœur, et qu'Annette seule sera ton épouse
bien-aimée.

— Je le jure, m'écriai-je avec enthousiasme et
cédant à son entraînement ; je jure que toi seule se-
ras mon épouse devant Dieu et devant les hommes.
Que le ciel entende mon serment, ajoutai-je debout
et les mains levées vers les astres; et, si j'y man-
que, que Dieu frappe le parjure et la complice de
l'infidélité.

Annette se leva aussi :

— Et moi, s'écria-t-elle avec un accent qui me
frappa, si tu mens à la promesse sacrée qui vient de
t'engager, je jure que je mourrai, et que j'irai devant le tribunal de Dieu en réclamer l'accomplissement.

Alexandre se tut et resta quelques instants plon-
gé dans ses rêveries. Les deux vieillards le regar-
daient en silence ; il reprit bientôt :

XI.

Premières inquiétudes.

Les vacances arrivèrent : il fallut partir pour

Reims. Mon père m'entretint déjà des projets qu'il avait formés pour mon établissement ; et ses paroles, pleines de raison, jetèrent quelques nuages dans la sérénité de l'horizon où s'enfermait mon amour. Mais une année entière me séparait de la perspective ouverte à mes yeux, et, de retour à Paris, j'oubliai bientôt mes premières inquiétudes dans le ravissement d'une félicité partagée.

Les mois de l'hiver et ceux du printemps s'écoulèrent rapidement entre les travaux de l'esprit et les plaisirs du cœur, alternative qui prévenait l'ennui de l'étude et la satiété de l'amour ; lorsqu'une lettre de mon père me rappela à Reims. Il avait su , je ne sais par quelle indiscrétion, la manière dont je partageais mon temps, et il voulut rompre brusquement une liaison qui l'inquiétait pour l'accomplissement de ses projets. Il m'exposa de nouveau, et d'une manière plus explicite, les vues qu'il avait conçues pour mon avenir, et m'ordonna d'oublier ce qu'il appelait mes égarements. Je ne vous dirai pas, mes pères, quels furent ma douleur, mon désespoir, mes luttes et mes pleurs même , jusqu'au jour où je vis Clotilde.

XII.

Trahison.

Hélas ! mes pères, vous connaissez, non par expérience, mais par ouï-dire, la faiblesse du cœur humain. La beauté de Clotilde fut plus éloquente que les remontrances de mon père. Le désir de plaire et le bonheur de se sentir aimé, le charme enivrant d'un amour frais et pur désenchanta peu-à-peu les souvenirs de l'amour satisfait ; et, je le dis ici à la honte de l'humanité et pour déplorer l'infirmité de notre nature, tout, jusqu'à ce besoin de nouveauté qui travaille perpétuellement le cœur de l'homme, me porta à céder aux désirs de ma famille.

Après m'avoir gardé quelque temps à Reims, où je préparai mes derniers examens, mon père m'accompagna à Paris et resta à mes côtés, jusqu'à ce que j'aie obtenu mon diplome. J'avais fait prévenir Annette : elle vint à Paris, et j'eus avec elle de courtes et furtives entrevues. La pauvre enfant était triste et changée : on eût dit qu'elle pressentait ma trahison. Mes protestations, le renouvellement de mes promesses et de mes serments ne purent vaincre sa prophétique mélancolie. La dernière scène des adieux fut déchirante. En m'arrachant de ses bras, je la laissai presque inanimée entre ceux de l'ami que j'avais, dans ces derniers temps, pris pour confident de notre secret.

Il y a quelques jours, je reçus une lettre de lui qui m'annonçait qu'Annette venait d'être atteinte de la petite vérole. Hélas ! mes pères, faut-il vous faire ma confession jusqu'au bout, et vous dévoiler toutes les lâchetés de mon cœur? Cette nouvelle, qui aurait dû aggraver mes remords, les soulagea : l'idée qu'Annette allait perdre les charmes qui m'avaient séduit, sembla excuser mon infidélité et briser les liens qui m'attachaient à elle, lorsqu'une nouvelle lettre est venue aujourd'hui troubler cette égoïste et cruelle sécurité.

Voici cette lettre écrite par mon ami, sous la dictée d'Annette.

Et Alexandre présenta la lettre suivante aux deux prêtres qui la lurent.

« Monsieur Alexandre,

» Je vais mourir : quand vous lirez cette lettre, je ne vivrai plus. Je serai morte assez tôt pour aller demander à Dieu d'empêcher l'accomplissement du parjure. Je sais tout : je connais maintenant la cause de votre longue absence, du séjour de votre père à Paris, la cause de vos inquiétudes et de vos préoccupations dans nos dernières entrevues. Vous allez vous marier ! Vous avez sacrifié à une autre la pauvre fille du pêcheur, qui vous avait tout sacrifié, tout, jusqu'à son vieux père. Avez-vous donc oublié la nuit où vous vous êtes uni à moi par les promesses les plus sacrées, et pensez-vous que Dieu qui les a reçues, les ait, comme vous, oubliées? Dans quelques heures,

votre fiancée sera au pied de son tribunal et récla-
mera la foi des serments. Aussi, M. Alexandre, ne
vous fais-je point encore mes adieux : vous me rever-
rez.

» ANNETTE. »

XIII.

Les deux prêtres.

— Maintenant, mes pères, reprit Alexandre, vous
savez tout ; vous, dont la sagesse divine inspire toujours les actes et les paroles, guidez-nous.

Les deux prêtres se regardèrent avec inquiétude
et tristesse. Ils se levèrent en silence et se rendirent
dans la chambre de Clotilde. Elle s'était assoupie :
on respecta son sommeil, et chacun se retira.

Le lendemain matin, le curé de St-Jean et celui
de Rilly, le père, la mère et le mari de Clotilde se
réunirent de nouveau autour de son lit. L'abbé Sugny, qui s'était concerté avec son vénérable ami, raconta sommairement quelques-uns des détails qu'ils
avaient appris, la nuit précédente ; pendant qu'A-
lexandre pleurait, la tête entre les mains et presque
cachée sous l'oreiller de Clotilde. Quand ce récit fut
terminé, Clotilde resta longtemps pensive.

— Ma chère enfant, dit l'abbé Paquot, hier matin, vous étiez en état de grâce : je vous ai donné l'absolution et vous avez reçu de mes mains la sainte communion. Dans la journée, n'auriez-vous point commis quelque péché mortel qui ait donné au malin esprit pouvoir sur votre âme ?

— Hélas ! non, mon père, dit Clotilde; et, si j'avais à refaire ce matin ma confession d'hier, je n'aurais rien à y ajouter.

— C'est moi, s'écria douloureusement Alexandre, c'est moi qui suis coupable, c'est moi que Dieu aurait dû frapper !

— Mon enfant, dit le curé de Saint-Jean, n'accusez point la Providence ; ses desseins sont impénétrables. Ce sont souvent les victimes les plus pures qui plaisent le plus au Seigneur. N'a-t-il pas devant lui l'éternité, pour nous payer des souffrances passagères par lesquelles il lui plaît de nous éprouver? Aussi, même quand sa main nous frappe, il faut la bénir.

XIV.

Digression. — Un épisode de la Révolution.

Ici, dit M. Mortain en s'interrompant, je ne puis

m'empêcher de me rappeler la mort horrible de ce digne prêtre, dont les derniers moments justifièrent si bien ces paroles profondément chrétiennes.

— Avez-vous donc assisté à sa mort? dit Mme de L.....

— Non, madame, répondit M. Mortain ; mais j'ai vu le début de cette scène affreuse de carnage ; un autre jour, si vous le désirez, je vous la raconterai.

— N'est-ce pas sur la place Saint-Maurice qu'elle commença, reprit Mme de L....

— Oui, madame, répondit M. Mortain ; mon père habitait alors une des maisons qui sont vis-à-vis de la place, et nous avons été témoins de ce qui s'y est passé.

Puis, emporté par ses souvenirs, il ajouta :

Cette place venait d'être le théâtre d'une scène affreuse. La tête du facteur Carton avait été, avec celles d'autres victimes, promenée dans la ville, au bout d'une pique. Arrivés sur la place Saint-Maurice, les meurtriers aperçurent à sa fenêtre le père de l'infortuné Carton, qui habitait une maison voisine de la nôtre, et ils présentèrent au vieillard octogénaire, une tête livide et hideuse : c'était celle de son fils. Le malheureux père recula d'horreur ; mais les monstres le forcèrent de baiser cette tête sanglante et de crier : Vive la nation !

Le quartier était encore sous l'impression de ce

spectacle horrible, quand nous vîmes descendre du haut de la rue Neuve, une bande d'hommes armés qui traînaient un vieux prêtre ; c'était le vénérable curé de St-Jean. Sur la place, ils se recrutèrent d'une autre bande d'assassins, dont l'un se précipita sur l'abbé Paquot, et lui dit en le menaçant de son sabre :

— Crie Vive la nation !

— Oui, mes amis, dit de sa voix douce et faible, le vieillard tremblant ; Vive la nation ! Vive la nation !

— Signe cela, s'écria un autre ; et il lui présenta un papier sur lequel était écrite je ne sais quelle déclaration.

— Non, mes amis, dit-il de sa même voix douce et brève, mais d'un ton plus ferme, après avoir rapidement parcouru le papier ; non, mes amis, non ; je ne signerai pas cela.

Et aussitôt il reçut un coup de pierre à la figure.

Le martyr fit le signe de la croix (1).

----

(1) Je dois ces détails aux souvenirs de Mme veuve Charpentier, témoin oculaire de cette scène. On trouvera le récit des événements qui la précédèrent et la suivirent, dans un article très-remarquable du doyen des antiquaires rémois, M. Lacatte-Joltrois. Voir la Biographie de Michaut, à l'article *Paquot*.

Je me précipitai sur l'assassin ; mais un coup de pique me renversa.

En voici la marque, dit M. Mortain, en posant le doigt sur son front ; et cette cicatrice est pour moi un plus beau titre d'honneur, que le ruban qui orne ma boutonnière.

Ce fut le commencement : le vieux prêtre fut traîné dans la rue Neuve et dans les autres rues, au milieu des huées, des menaces et des coups de pierres jusqu'à la place de l'Hôtel-de-Ville, où j'ai entendu dire qu'il avait été jeté dans les flammes d'un bûcher avec l'abbé Sugny et d'autres prêtres. On ajoute que l'un d'eux voulut s'élancer hors du brasier, mais qu'il y fut repoussé à coups de piques.

— Ah ! c'est affreux ! s'écria Ernestine.

— Mais, dit M. Mortain, après une légère pause, je m'oublie ; je me suis, sans le savoir, laissé entraîner par ces douloureux souvenirs. Revenons à Clotilde.

XV.

Suite des deux Prêtres.

— Ma chère enfant, lui dit l'abbé Paquot, j'ai béni votre union : c'est à moi qu'il appartient de demander à Dieu la ratification de ce que j'ai fait en son

nom ; espérons en sa bonté. Voici ce que votre frère
et moi nous avons décidé : ce soir, votre bonne mère, ma nièce, et quelques-unes de vos amies assiste-
ront avec Alexandre à votre coucher, et...

— Oh ! interrompit Clotilde, pas dans la chambre d'hier ! dans celle-ci, dans la mienne.

— Soit, mon enfant. Elles ne vous quitteront,
que lorsque vous serez dans votre lit. Aussitôt, vous
vous mettrez en prières, tandis que nous deux, mon
digne ami et moi, nous prierons Dieu, de notre côté,
dans la chambre où l'évènement a eu lieu.

— Rassure-toi donc, ma chère petite sœur, ajouta
le curé de Rilly ; et, comme te l'a dit mon digne
ami, le curé de St-Jean, espère en la bonté de Dieu.

Clotilde se leva. Les paroles des deux prêtres, la
lumière du grand jour, le mouvement, la distraction
dissipèrent les frayeurs de son esprit. Mais quand le
soir arriva, sa tristesse revint et résista aux efforts
de tous ceux qui l'entouraient. Alexandre aussi,
pendant toute la journée avait lutté, mais sans succès, contre ses propres terreurs ; au moment du dîner, il reçut, comme la veille, une lettre timbrée de
Paris. Cette lettre, dont il ne communiqua le contenu
qu'aux deux prêtres, lui annonçait la mort d'Annette. La fille du pêcheur, rapprochement étrange !
avait expiré à l'heure même où la bénédiction nuptiale avait été donnée à son infidèle fiancé. Cette

nouvelle assombrit encore le visage de ceux qui la connurent ; la soirée fut donc triste, quoiqu'une partie de la compagnie de la veille fût restée : une appréhension vague pesait sur tous les cœurs.

XVI.

La seconde nuit des Noces.

A neuf heures, le curé de Rilly et celui de St-Jean montèrent avec Clotilde dans sa chambre, et se mirent en prières avec elle. Dix minutes après, sa mère, Sophie et quelques-unes de ses plus intimes amies, suivies d'Alexandre, entrèrent et commencèrent sa toilette de nuit, pendant que les deux prêtres se rendaient à la chambre nuptiale de la veille, pour continuer à prier Dieu. Clotilde se livra silencieusement à leurs soins, résignée comme une victime qu'on pare pour le sacrifice, et presque insensible à ce qui se faisait autour d'elle.

Quand tout fut prêt, elle se leva, se jeta au cou de sa mère, puis à celui de chacune de ses amies ; elle revint encore à sa mère qu'elle tint longtemps embrassée, comme si elle lui faisait ses derniers adieux. On la mit au lit : après avoir encore une fois embrassé sa mère en pleurant, elle alla se tapir à l'autre extrémité du lit, les yeux fermés et le visage tourné contre la muraille. Sa mère et ses compagnes, après avoir averti Alexandre, qui, pendant tous ces préparatifs, s'était tenu dans une chambre voisine, se retirèrent. Alexandre se déshabilla rapidement.

Lorsque tout fut prêt, il s'approcha du lit et dit à sa jeune épouse :

— Ma chère Clotilde, n'avez-vous plus besoin de rien? je vais souffler la bougie. — Non, murmura Clotilde.

XVII.

Nouvelle interruption.

— Ah! mon Dieu! voilà encore la peur qui me saisit, s'écria Ernestine; monsieur Mortain, le ton solennel dont vous racontez si minutieusement tous ces petits détails préliminaires, est effrayant.

La peur est épidémique : le cercle se resserra de nouveau.

— Allons, mesdames, je vous cède la place, dit M. Mortain en se levant; et il se mit le dos au feu. Sa voisine prit incontinent le siége qu'il venait de quitter, et se blottit entre les bras élevés du fauteuil, pour se retrancher contre l'invasion des spectres.

— Si vous permettez, mesdames, je vais continuer, dit M. Mortain. Où en étais-je ?

— On vient de souffler la bougie, dit Ernestine.

— Non pas, non pas, dit M. Mortain en souriant; vous êtes trop pressée. La bougie n'est pas éteinte ; nous en avons encore besoin, pendant quelques secondes, pour éclairer la scène qui va suivre.

— Allez vite, de grâce, allez vite, M. Mortain : vous nous faites une peur horrible; j'aime mieux savoir tout de suite ce qui va arriver.

— Ecoutez donc, répondit M. Mortain; et ne m'interrompez plus.

XVIII.

Suite de la seconde nuit des Noces.

J'en étais resté au moment où Alexandre demanda à Clotilde si elle n'avait besoin de rien.

— Non, avait faiblement répondu Clotilde.

Alexandre alors se retourna, pour aller éteindre la bougie qui était sur la cheminée en face du lit. Mais, au moment où il souffla sur la flamme, il entendit un cri, le cri effrayant de la veille. En même temps, le lit roula bruyamment sur le parquet, et un corps pesant tomba à terre. Eperdu, hors de lui,

Alexandre ouvre la porte et appelle à grands cris. On arrive avec des flambeaux, et on trouve la malheureuse Clotilde accroupie à terre, dans un coin de la ruelle du lit, haletante, les yeux hagards, les cheveux hérissés.

Elle fut transportée dans le lit de sa mère. Heureusement, M. Raussin fils n'était point encore parti; il lui prodigua ses soins. Clotilde resta près de deux heures en démence. Enfin elle recouvra, pendant quelques minutes, l'usage de sa raison, et voici ce qu'elle raconta.

— Vous vous rappelez, ma'mère, que, lorsque vous me quittâtes, je me tapis dans la ruelle de mon lit, la tête cachée sous la couverture et le visage touchant presque la muraille. Monsieur Alexandre me dit quelques mots avant d'éteindre la lumière, et, pour lui répondre, je me dégageai un peu la tête; puis, machinalement je me retournai pour changer de position, car j'étouffais, dans la posture que j'avais prise. En me retournant, je sentis, sous les draps, un froid glacial, comme si mes membres touchaient une statue de marbre. J'ouvris les yeux, et je vis la jeune fille d'hier couchée près de moi....

Clotilde frissonna; Alexandre fit un geste de désespoir.

— Achevez, ma chère enfant, dit l'abbé Paquot, et que Dieu soutienne votre courage jusqu'au bout!

Clotilde continua :

— Oh ! c'est bien elle ; c'est bien la fille du pê-cheur d'Asnières. Je ne l'ai vue qu'un instant , et la bougie s'est éteinte presque aussitôt ; mais j'ai bien reconnu ses longs cils noirs qui tranchaient sur la pâleur de son teint ; et ses grosses boucles de che-veux blonds, qui touchaient presque les miens ; car elle semblait vouloir me pousser dans la ruelle, fai-sant signe à Alexandre de venir près d'elle.

— L'avez — vous vue ? dit le curé de Rilly ,à Alexandre.

Alexandre secoua la tête , sans répondre.

— Continue, ma chère sœur, dit le curé.

— Alors, reprit Clotilde , dans un élan inspiré par la terreur , je me suis jetée contre la muraille ; le lit a roulé, et je suis tombée dans la ruelle.

En disant ces derniers mots, elle fut prise d'un tremblement nerveux, on entendait ses dents claquer, et ses bras se tordaient. Cet état d'agitation dura une partie de la nuit. Le lendemain, la fièvre cérébrale se déclara et, trois jours après , la pauvre Clotilde était morte.

XIX.

Les mines de Salzbourg.

M. Mortain s'arrêta.

— Quelle triste histoire ! s'écria Madame Gony.

— Est-ce fini ? dit Madame L....

— Pas encore, répondit M. Mortain ; et il reprit.

Cet événement fit du bruit dans la province ; Alexandre et sa famille quittèrent le pays. Ils allèrent demeurer à Paris. Quelques mois après, le père d'Alexandre mourut. Celui-ci, maître de sa fortune, après avoir mis ordre à ses affaires, quitta Paris et voyagea pendant plusieurs années. Il visita le midi de la France, l'Espagne, l'Italie, l'Allemagne, promenant partout son incurable mélancolie, évitant la société de ses compatriotes et surtout celle des jeunes femmes.

Un jour, il arriva à Salzbourg, ville d'Autriche, qui touche à la Bavière. Il voulut visiter les mines de sel de Hallein, qui se trouvent à trois lieues de là, dans les montagnes, et il s'y fit conduire.

Je connais ces mines ; car j'ai quelque temps habité ce pays, pendant l'émigration. Un chariot traîné par deux chevaux vous conduit au sommet de la montagne. Rien n'est plus pittoresque que ce chemin tortueux, coupé, de temps à autre, par les eaux vertes et claires de la Salza. Quand le voyageur est arrivé au sommet, on lui retire son chapeau, puis son habit, qui est remplacé par un surtout grossier ; par-dessus ses vêtements inférieurs il passe un pantalon de forte toile ; et les femmes elles-mêmes sont obligées de s'en affubler. La main droite s'enfonce dans un gant de peau très-épais, et la main gauche s'arme d'une torche. Dans cet équipage, il entre sous une voûte souterraine, où il ne tarde pas à perdre la lumière du jour. Après une marche de cinq minutes, il arrive à un soupirail long, étroit et rapide, traversé dans toute son étendue par deux forts montants en bois, pareils à ceux d'une échelle, mais assez rapprochés pour qu'on puisse s'y asseoir et se laisser glisser. La main droite tient une grosse corde, qui sert de rampe à cet escalier d'un nouveau genre, et, en la serrant plus ou moins fortement, on peut régler la rapidité de la chute; car c'est une véritable chute, de 25 à 30 mètres, et qui se répète cinq ou six fois, jusqu'à ce que le voyageur ait ainsi parcouru tous les étages de la mine, et soit arrivé au bas de la montagne, où des employés ont rapporté ses vêtements.

XX.

Clara.

Alexandre s'était rencontré, au sommet de la montagne, avec une famille tyrolienne, composée d'un homme de cinquante ans à peu près, de sa femme et de sa fille, charmante jeune personne, appelée Clara. Il ne put éviter leur compagnie , dans la visite des galeries souterraines. Au bas d'une de ces descentes rapides dont j'ai parlé, ils se crurent transportés dans un monde féerique. Ils se trouvèrent sur le bord d'un lac éclairé par plusieurs centaines de chandelles et de lampions, dont la lumière se réflétait sur les eaux.

Ce lac, à peu près aussi large que la place Royale de Reims, est situé au centre même de la montagne, et la voûte granitique qui le couvre dans toute son étendue, est si basse qu'on peut la toucher avec la main. Lorsqu'une visite d'étrangers est annoncée, les mineurs s'empressent de préparer cette illumination magique, qui leur est toujours largement payée. Le guide invita la petite société de voyageurs à traverser le lac dans une barque qui les attendait près de là. Le père et la mère entrèrent les premiers dans la barque, et Alexandre se trouva obligé de présenter la main à Clara pour l'aider à s'embarquer aussi. La jeune tyrolienne, éblouie et préoccupée du spectacle qui l'entourait, posa, sans trop d'attention, le pied sur le bord de la barque; le pied glissa et la jeune fille tomba dans le lac. Cédant à ses instincts de courage et de générosité, Alexandre se jeta précipitamment dans l'eau, pour l'arracher à la mort. Il la sauva en effet; mais, en tombant, sa tête avait heurté une pointe de roc, et la blessure qu'il reçut fut assez grave pour qu'on ne pût le transporter le jour même à Salzbourg. Il n'y fut ramené que le lendemain. La famille tyrolienne s'établit dans son hôtel et ne voulut plus quitter le malade.

XXI.

Un nouvel amour.

Quinze jours après, Alexandre se décida à passer le temps de sa convalescence dans le château du père de Clara, à Aïrchstædt.

Faut-il le dire, hélas! un nouvel amour s'était glissé dans ce cœur qu'il avait cru flétri et fermé pour toujours à ce sentiment fatal ; et c'est avec une joie mêlée d'effroi qu'il s'aperçut que la reconnaissance de Clara devenait de jour en jour plus passionnée. Clara aimait son sauveur. Ses yeux, ses subites rougeurs, le battement précipité de son sein, tout, excepté sa bouche, avait révélé son naïf amour.

Alexandre avait fini par fermer les yeux et se laisser glisser, sans regarder en avant ni en arrière, sur cette pente si douce, qui ne se remonte plus, dès qu'on y est lancé, pareille aux descentes souterraines de la montagne qu'ils avaient visitée ensemble et qu'il faut suivre jusqu'au bout, le bout fût-il un abîme. Il s'endormait dans la sécurité et dans l'oubli du passé, doucement bercé par de suaves et innocentes voluptés qui guérissaient les plaies de son cœur, quand une secousse imprévue le réveilla. Alexandre avait fait connaître à ses hôtes, sa position sociale et sa fortune ; et le père de Clara, qui avait lu dans le cœur des deux amants, lui offrit la main de sa fille. Le trouble d'Alexandre fut si visible que la loyauté de son hôte s'en inquiéta.

— Mon cher hôte, lui dit Alexandre, excusez une hésitation dont vous ne pouvez comprendre les motifs ; ne concevez aucun soupçon indigne de mon caractère. Demain je partirai, et, dans quinze jours, vous aurez ma réponse.

XXII.

Lutte et défaite.

Il partit en effet le lendemain. Son projet était de s'éloigner et de ne jamais revenir dans ce pays, d'où il s'arrachait, plus malheureux que jamais. Il voulait retourner en France, dans l'espoir que la vue de son pays natal, des amis et des parents qu'il y avait laissés, celle même des lieux témoins de ses infortunes passées, en réveillant dans son cœur de cruels souvenirs, endormirait peut-être le souvenir trop cher du château d'Aïrchstædt.

Il traversa rapidement la Suisse ; mais, arrivé à Bâle, la résolution lui manqua ; il n'eut pas la force de franchir la frontière. Il s'y arrêta et tint conseil avec lui-même.

Dans un pareil cas, délibérer, c'est se rendre ; quand on ne ferme pas résolument l'oreille à la voix de la passion, on est sûr de se laisser vaincre ; et Alexandre ne sut pas résister aux sophismes de son amour.

— Après tout, se disait-il, si j'ai commis une faute, elle a été assez cruellement expiée. Dieu m'a frappé doublement dans ce que j'avais de plus cher. Le châtiment sur la terre ne saurait être éternel. Il faut espérer que la fatalité qui m'a poursuivi est épuisée ; ou bien, s'écriait-il, si je n'ai pas encore assez souffert, grand Dieu ! ajournez votre vengeance jusqu'après ma mort, et laissez-moi du moins goûter quelque félicité en ce monde.

C'est ainsi que, par un vœu impie, Alexandre semblait se vouer lui-même à la malédiction divine.

Il écrivit au père de Clara la lettre suivante :

« Mon père,

» Ce nom vous appartient, puisque vous m'avez permis d'être votre fils et que je puis enfin accepter cette offre si loyale et si généreuse. Ma conduite a dû vous paraître étrange : en voici l'explication dans toule sa simplicité. J'ai déjà été marié ; j'ai été uni, pendant quelques jours seulement, à un ange de beauté et d'innocence, qu'une mort cruelle autant qu'imprévue arracha à mon amour. Mon désespoir fut affreux : je voulais la suivre au-delà du tombeau, et ce n'est qu'à regret que je cédai aux larmes de ma famille qui me suppliait de vivre. Je n'y consentis qu'en me jurant solennellement à moi-même de garder toujours vivant au fond de mon cœur, comme dans un sanctuaire, le souvenir d'une épouse adorée, et de ne jamais profaner, par un autre amour, le culte de sa mémoire. J'ai tenu fidèlement ma promesse, jusqu'à ce que la Providence, oui c'est elle qui, dans sa miséricorde, a jeté Clara sur ma route, m'ait fait connaître cette adorable enfant que le ciel destine à guérir toutes les souffrances de mon cœur. Oui, Dieu m'a pris en pitié. S'il a rapproché d'une manière si miraculeuse deux êtres que tout, la patrie, la distance, le langage, les mœurs semblaient devoir séparer ; et s'il a fait naître à notre insu et comme malgré nous dans nos cœurs un amour partagé, c'est que sa colère est apaisée, c'est qu'il veut enfin me consoler du coup terrible qui m'a frappé, et du martyre que j'endure depuis trois années.

A bientôt donc, mon généreux père, mon père chéri ; je cours à Paris, chercher les papiers qui me sont nécessaires ; et, dans quinze jours, au plus tard, je serai aux pieds de ma bien-aimée Clara. »

XXIII.

Troisième nuit des noces.

En effet, quinze jours s'étaient à peine écoulés. qu'Alexandre arrivait au château d'Aïrchstaedt. Une fois sa détermination prise, il en pressa l'accomplissement avec une sorte de précipitation aveugle, avec l'impatience fiévreuse d'un lecteur qui feuillette rapidement les pages d'un roman pour arriver plus vite au dénouement. Il obtint aussi que le mariage se célébrerait sans pompe et avec le moins d'éclat possible. Pour échapper à toutes les formalités d'usage, il déclara que, le soir même de ses noces, il partirait avec sa jeune épouse pour la France, promettant de revenir, un mois après, pour fixer sa résidence à Aïrchstaedt. Ces conditions, toutes bizarres qu'elles étaient, furent acceptées sans difficulté par la famille de Clara, qui croyait en comprendre la cause secrète, les attribuant à la délicate susceptibilité des souvenirs.

Le jour fixé arriva, et le mariage fut célébré dans la chapelle du château, en présence d'un très-petit nombre de témoins. Alexandre avait recouvré son calme ; il éprouvait une sorte de soulagement et

montrait l'insouciante gaîté d'un homme qui attend
le terme d'une crise, en préférant la solution quelle
qu'elle soit, au supplice de l'incertitude.

Vers le soir, les deux époux partirent seuls, sans
suite : c'était encore une des exigences capricieuses
d'Alexandre. La soirée était déjà avancée, quand ils
arrivèrent à Neustadt, petite ville située à une di-
zaine de lieues du château..

Pendant qu'on disposait leur appartement, ils pri-
rent un léger repas, et bientôt ils montèrent à la
chambre nuptiale. Tristes apprêts ! Quel contraste
avec la joyeuse et brillante soirée du tragique mariage
de Rilly ! Le cœur des deux amants battait bien fort
en entrant dans la chambre. Clara, pauvre enfant
qui, à cette heure, aurait eu bien besoin des consola-
tions de sa mère, était émue par les vagues instincts
de l'amour et les virginales appréhensions de la pu-
deur. L'agitation d'Alexandre avait une autre cause :
il adorait Clara ; mais une terreur irrésistible do-
minait en lui les ravissements de l'amour heureux.

Il conduisit Clara dans un cabinet attenant à la
chambre, et, pendant qu'elle disposait ses ajuste-
ments de nuit, il se déshabilla promptement et se
mit au lit le premier, espérant par ce stratagème peu
conforme aux habitudes nuptiales, déjouer la fatalité. En entrant dans le lit, un nuage passa devant ses
yeux, et un frisson involontaire le saisit. Honteux

de cette émotion, craignant de se laisser aller aux déréglements d'une imagination surexcitée, et d'être la dupe des dangereuses évocations de la peur, il ferma les yeux et fit sur lui—même un violent effort de volonté pour dominer, par l'ascendant de la force morale, les faiblesses de l'esprit et les agitations du corps. La lutte fut longue ; la sueur coula de son front ; mais, dans cet exorcisme contre la terreur, la volonté resta, un moment du moins, victorieuse. Quand il crut avoir maîtrisé le désordre de ses sensations, il se releva sur son séant : le souvenir et l'image de Clara, dont il entendait tous les mouvements dans la chambre voisine, vinrent rafraîchir son âme. Par un retour naturel d'idées, il se mit à trembler pour elle ; dans sa crainte et aussi dans l'impatience de son amour, il s'écria :

— Hâtez-vous, je vous attends, ma chère Cl.....

Les derniers sons ne parvinrent point à l'oreille de Clara; mais quelques instants après, elle entendit partir de la chambre une espèce de râle et des cris étouffés, comme ceux d'une personne qui lutte contre l'étranglement. Elle se précipita dans la chambre et vit Alexandre presque à genoux sur le lit, les cheveux hérissés, l'œil égaré et sortant presque de l'orbite, la poitrine haletante, et dans l'attitude de l'horreur. Clara s'approcha vivement de lui, et voulut se jeter dans ses bras ; Alexandre se retira avec terreur, en s'écriant d'une voix saccadée :

— Loin d'ici !... Quoi ! me poursuivras-tu donc... toujours ?

Et il s'élança hors du lit.

La jeune femme éplorée voulut le retenir : il ouvrit rapidement la porte pour s'enfuir ; mais il trébucha et roula dans l'escalier avec des cris terribles. Les gens de l'hôtel accoururent : on s'empara du malheureux, qui fut, malgré ses efforts désespérés, replacé dans son lit. Ses yeux étaient injectés de sang ; l'écume sortait de sa bouche, un médecin fut appelé, et une forte dose de potion calmante vint enfin mettre un terme à cet accès terrible. Le lendemain, vers midi, Alexandre ouvrit les yeux ; mais sa raison ne se réveilla pas : le malheureux était fou.

Sa nouvelle famille le ramena en France, et il fut placé, à Paris, dans une maison d'aliénés où il mourut quelques mois après, toujours en proie à la même hallucination, et se croyant sans cesse poursuivi par un fantôme.

XXIV.

Conclusion.

M. Mortain termina là son récit, et l'auditoire resta quelques instants silencieux, livré à de tristes réflexions.

— Et j'ajoute pour conclure, reprit-il bientôt avec gaîté, dans le but de dissiper les mélancoliques préoccupations de la petite assemblée, j'ajoute que maintenant, mesdames, vous pouvez fort bien nous desserrer un peu et me rendre ma place.

— Et moi, dit M. Gony, je vais tirer de votre récit une autre morale : ceci vous apprend, mesdames, et vous surtout, madame Ernestine, les dangers de l'inconstance ; et n'oubliez jamais que les infidèles sont toujours poursuivis par les vengeances de la colère divine.

— Ah ! par exemple, c'est trop fort, s'écria Ernestine. Comment, trois pauvres jeunes filles sont victimes de l'infidélité de leur amant, et c'est nous, pauvres femmes, que vous accusez ! et c'est à nous que vous appliquez la moralité du récit ! Je me révolte et je me sépare, ajouta-t-elle en reculant sa chaise, mouvement qui fut imité, ce qui permit à M. Mortain de reprendre son fauteuil.

— Voilà bien la justice des hommes ! dit notre aimable hôtesse, madame L...

Et la conversation une fois lancée dans le chapitre interminable de l'injustice et de l'infidélité du sexe le plus fort et le plus laid, ne tarit plus, et continua sur le même sujet jusque dans la calèche qui nous ramena de Cormontreuil à Reims.

GALERON.